KB141847

法心스님 헌정시집

無眼鳥의 울음소리

도서출판 곰단지

목차

1. 山茶(산다)와 墨香(묵향)	8	16. 土窟(토굴)	38
2. 夜雨(밤비)	10	17. 고송(古松)	40
3. 春夜(춘야)	12	18. 우리 돌박님	42
4. 妄靈(망령)	14	19. 흙집하나	44
5. 흐름	16	20. 문발	46
6. 生草(생초)	18	21. 산방의 봄	48
7. 운명의 벚꽃	20	22. 塞心(색심)	50
8. 墨蘭(묵난)의 五十年情(오십년정)	22	23. 恨(한)	52
9. 夜客(야객)	24	24. 봄비	54
10. 비가(悲歌)	26	25. 사화(死花)	56
11. 淸河(청하)의 人緣(인연)	28	26. 示衆(시중)	58
12. 月念舞(월념무)	30	27. 무정한 약속	60
13. 無心(무심)한 虛空(허공)	32	28. 새색시	62
14. 이슬에 페인 상처	34	29. 오늘 같은 이런 바람	66
15. 못 잊을 곳	36	30. 너다운 정이 그립다	68

31. 고독한 귀신	72
32. 빈 삶	74
33. 첫 눈	76
34. 종이배	78
35. 人心(인심)	80
36. 엮 깨고 픈 심사	82
37. 무삼사	84
38. 絕中谷(절중곡)	86
39. 孤島(고도)	88
40. 흔적만 지운 나팔꽃	90
41. 내 청춘	92
42. 녹슨 맹세	94
43. 서글픈 투정	96
44. 情理(정리)도 베어버린 영욕	98
45. 앙상한 人木(인목)	100

46. 白雲(백운) 劍(검)	102
47. 더러운 구걸	104
48. 낡은 빈곤	106
49. 죽음도 향연이면	108
50. 타향에서 깁는 밤	110
51. 風情(풍정)	112
52. 임 앞에 머문 치한	114
53. 말라버린 애정	116
54. 남자의 강	118
55. 빈약한 울음	120
56. 떫은 감정	122
57. 妄想魚(망상어)	124
58. 귀한 순산	126
59. 비굴한 삶	128
60. 구포 강에 흘린 마음	130

"애야, 차 한 잔 하자 꾸나"

추모시집 발간에 즈음하여

 스님께서 살아생전 틈틈이 습작해 두신 원고가 책으로 엮어 나오게 돼서 무척 기쁘고 감개무량합니다.

 저는 2004년 어느 봄 날, 37세의 나이에 깊은 병마를 짊어지고 신녕 부귀사에 계시던 법심스님을 찾아뵈었습니다. 삶에 대한 희망을 잃어버린 채 메마른 영혼으로 마주했던 스님의 말씀과 눈에 선하게 들어온 '다실' 안의 잘 정돈된 다완의 법미는 스님이 저에게 내려주신 한 줄기 빛이었지요.

 세월이 흘러 다시 청하사에 인연처를 만드신 스님께서는 근·현대 다완을 한 곳에 모아 신도들에게 우리 다완의 우수성을 알리셨으며, 차 한 잔으로 심성의 때를 벗겨내는 중정의 도(道)를 설파해 주셨습니다.

 지독한 다완 사랑의 열정은 때로는 주위 사람들로부터 따가운 질시와 비방의 대상이 되기도 했지만 다완에 담긴 차 문화의 역사와 미학을 설명하시면서 높은 안목을 열어 주셨지요.

 다걸소(茶乞所)는 다실 입구에 걸려있는 현판으로서, 늘 대중을 일깨워주는 죽비소리였으며 정제와 성찰의 디딤돌이었습니다. 저는 세월이 흐르고 흘러도 무명의 때를 벗지 못하고 눈 없는 새(무안조)가 되어 스스로

에게 갇히고 또 갇혔습니다.

"애야, 차 한 잔 하자 꾸나"

스님이 산책하시는 소요의 뜰은 늘 스님의 뒷모습을 보여주었고 저희들
의 세월도 따라 흘렀고, 스님의 진리 법문 속에 저희들의 마음도 세월 따라
젖어 들었습니다. 그리고 충견 해탈이와 청하도 늘 함께였지요.

"애야, 차 한 잔 하자 꾸나"

지금은 스님께서 계시지 않으시지만 저희들은 차 한 잔의 울림을 긴 음
성으로 토해내신 스님의 지혜와 사랑을 잊지 않을 것입니다.
고요의 소리로 일어나시어 세상의 주인공으로 참되게 살라하신 그리운
음성 지금도 듣고 싶습니다.

오늘처럼 좋은 날, 스님의 추모시집에 저도 정성으로 헌정 올립니다.
눈 없는 새의 울음소리가 슬프지 않습니다. 홀연히 지혜의 여명을 비추
는 그 곳, 다시금 새로운 시작을 위해 푸른 창공을 날 것입니다.
책상 앞에 놓아 둔 스님의 노트 한 권...
스님... 감사드립니다.

2019년 늦봄 부처님 오신 날 즈음하여
대륜 합장

山茶와 墨香

정다운 벗과 마주앉아
옛 얘기 꽃
지펴 가니
山茶(산다) 익는 향기에
詩精(시정)이 감도누나

1. 山茶와 墨香

들국 송이송이
묵단에 옮겨 심으니
들 향기 가득한
가을 정취 69
정다운 벗과 마주앉아
옛 애기 꽃
지펴 가니
山茶 익는 향기에
詩情이 감도누나

山茶(산다)와 墨香(묵향)

들국 송이송이
묵담에 옮겨 심으니
들 향기 가득한
가을 정취여
정다운 벗과 마주앉아
옛 얘기 꽃
지펴 가니
山茶(산다) 익는 향기에
詩精(시정)이 감도누나

2   夜雨

작은 창 야밤에
마을 푸른 등 밝혀놓고
비 소리 벗을 삼아
옛 일에 뉘어 보니
님에 흐느낌 호소가
내 마음 정맥을 잡고
청공에 높은 때로
모양 없는
나를 묶누나

夜雨(밤비)

작은 창 야밤에
마음 푸른 등 밝혀놓고
빗소리 벗을 삼아
옛일에 뉘어 보니
임의 흐느낌 호소가
내 마음 정맥을 잡고
청공에 높은 띠로
모양 없는
나를 묶누나

3 春 夜

봄 밤이 우짖는 소리에
화들 짝 놀라 깨어 보니
교교한 달 빛만
창틀에 턱을 괴고
무심히 흐르는
별 들을 세고 있소
돌 벼개 끌어 안고
꿈 속에 있을 넘
문 풍지에 그려 보벌
月竹의 사연들을

이 밤은 읊어
눈물이 새벽 이슬에
수 놓아 지랴

春夜(춘야)

봄 밤이 우짖는 소리에
화들짝 놀라 깨어보니
교교한 달빛만
창틀에 턱을 괴고
무심히 흐르는
별들을 세고 있소
돌베개 끌어안고
꿈속에 있을 임
문풍지에 그려 보낼
月竹(월죽)의 사연들을
이 밤은 읊어
눈물이 새벽 이슬에
수놓아 지랴

4 妄靈

쪼르락 쪼르락
봄 비 오는 소리
가냘픈 모습 생명을 건 곡예사로
장중한 大地에 부딛쳐
변신의 여왕으로
환영 받는 박수소리
더욱 세찬 데
문턱에 턱고인 홀로 妄靈
무슨 꿈에 취해
어둠이 젖는 소리에도
눈물 수(繡) 못 걸고
박수 계곡 따라 追影艤船
뒤 워 놓고
젖고 또 젖어 아득히 먼 곳이 련만
님 계신 蓮池 엔
안개비 드리웠나
구 만 리
夜陰 속에 묻혀 버리네

妄靈(망령)

쪼르락 쪼르락
봄 비 오는 소리
가날픈 모습 생명을 건 곡예사로
장중한 大地(대지)에 부딛쳐
변신의 여왕으로
환영받는 박수 소리
더욱 세찬데
문턱에 턱고인 홀로 妄靈(망령)
무슨 꿈에 취해
어둠이 짖는 소리에도
눈물 수(綉) 못 걷고
낙수 계곡 따라 追影船(추영선)
띄어 놓고
젖고 또 젖어 아득히 먼 곳이련만
님 계신 蓮地(연지)엔
안개비 드리웠나
구만리
夜陰(야음)속에 묻혀 버리네

5　　　흐　름

흘러 흐르는 강물에
내 인생의 돌배 (石船)을 띄워
어디론가 한 없이
가고 또 가다 보면
멈추어 저 있는 곳
그 곳이 어디든
삶의 작은 소망에 다시 묶여
시작의 붓을 들겠지

흐름

흘러 흐르는 강물에
내 인생의 돌배(石船)을 띄워
어디론가 한없이
가고 또 가다 보면
멈추어 져 있는 곳
그곳이 어디든
삶의 작은 소망에 다시 묶여
시작의 붓을 들겠지

6 生 草

갈색 스산한 빈 적막속에
나 날이 봄 기운을 기다렸던
生草들
봄 비 소리 주룩룩 주르륵
작년이 소생 이든가
서러워 지이
꽃 피우고 열매 맺을
한 해의 즐거움
봄 향기 가득한 草香酒 담아
님을 기다릴 행복
바 람 아
석령 솔 정자 들러지 말고
님 태운 시냇 물
등 쳐 주렴

生草(생초)

갈색 스산한 빈 적막 속에
나날이 봄기운을 기다렸던
生草(생초)들
봄비 소리 주르륵 주르륵
작년이 소생이든가
서러워 지이
꽃피우고 열매 맺을
한 해의 즐거움
봄 향기 가득한 草香酒(초향주) 담아
임을 기다릴 행복
바람아
석령솔 정자 들르지 말고
임 태운 시냇물
등 쳐주렴

7　운명의 뱃 꽃

간 밤에 내린 비에
누가 울어 지셨 듯나
꽃 다운 생을 마친
유구한 전사들
분홍 빛 입술에 흙이 묻었나
가엾 쓰라
화사 했든 지난 너의 모습이
만 봄을 울려 웃겨 거늘
낙화의 너 모습을
쓸어 ~~안~~ 안고 우는이
누가 있어
매정한 발거름 들만
너를 뒤고 지날세라
옷깃 풀어 너를 안고
산 내품에 보냈다가
내 년 봄
너가 올 길목
웃 돌목에 나가
기다리라

운명의 벚꽃

간밤에 내린 비에
누가 울어 지샜더냐
꽃다운 생을 마친
유구한 전사들
분홍빛 입술에 흙이 묻었나
가엾어라
화사했든 지난 너의 모습이
만 봄을 울려 웃겼거늘
낙화의 너 모습을
쓸어안고 우는 이
누가 있어
매정한 발걸음들만
너를 딛고 지날세라
옷깃 풀어 너를 안고
산 냇물에 보냈다가
내년 봄
네가 올 길목
웃돌목에 나가
기다리라

8 墨蘭의 五十年 情

無孔笛 춤추는 天上에
墨蘭香 익었는가
깊은 정 넓은 窓
五十年 甘夢花에
가을 색 숨어 듦을 이져스랴
갈 잎 흐느낌 소리에
깨어 보니
그대 품이 아님을
鴻鳥 날아간 자리
빈 발자취 마냥 두고
미련 아픈 마음
홀로 감싸 앉고
등대의 孤魂으로
그대를 품고 가리다

墨蘭(묵난)의 五十年情(오십년정)

無孔笛(무공적) 춤추는 천상(天上)에
墨蘭香(묵난향) 익었는가
깊은 정 넓은 窓(창)
五十年(오십년) 甘夢花(감몽화)에
가을 색 숨어듦을 잊었으랴
갈잎 흐느낌 소리에
깨어 보니
그대 품이 아님을
鴻鳥(기러기) 날아간 자리
빈 발자취 마냥 두고
미련 아픈 마음
홀로 감싸 안고
등대의 孤魂(고혼)으로
그대를 품고 가리다

9 夜客

해가 지면 매일 같이
찾아 오시든 님
이 밤은 왠지 심상치 않구나
축 처진 기상에 힘없는 모습
이 곳이 어디.인지
그냥 그저 왔을가
무거운 저 마음을
하늘 인들 받을손가
우수에 젖은 무거운 분위기는
天空도 숨을 줄이니
놀란 비 소나기는
겉 옷만 적셔놓고
끈적한 감정
미풍에라도 담구련만
침묵이 산켜 버린 솔 바람
오늘 밤
내 모습의 아름다움은
石花 이련 다

夜客(야객)

해가 지면 매일 같이
찾아오시든 임
이 밤은 왠지 심상치 않구나
축 처진 기상에 힘없는 모습
이곳이 어디인지
그냥 그저 왔을까
무거운 저 마음을
하늘인들 받을 손가
우수에 젖은 무거운 분위기는
天空(천공)도 숨을 줄이니
놀란 비 소나기는
겉옷만 적셔놓고
끈적한 감정
미풍에라도 담그련만
침묵이 삼켜버린 솔바람
오늘 밤
내 모습의 아름다움은
石花(석화)이련다

10   悲歌

그저게 내린 비 가
아직도 풀잎 속에서
사랑의 단 꿈에 젖어
솔 바람이 전하고 간
슬픈 사연 들
풀 뿌레 들의 애수에 悲歌인줄
귀 기우려 드니
蒼海의 '宮'을 허문
님의 아픈 風情임을
읽어 줄 同人도 없는
당신의 鄕愁海
내 무거운 연정의 가슴을 실고
어디에 머물려 오

悲歌(비가)

그저께 내린 비(雨)가
아직도 풀잎 속에서
사랑의 단꿈에 젖어
솔바람이 전하고 간
슬픈 사연들
풀벌레들의 애수에 悲歌(비가)인줄
귀 기울여 드니
蒼海(창해)의 宮(궁)을 허문
임의 아픈 風情(풍정)임을
읽어 줄 同人(동인)도 없는
당신의 鄕愁海(향수해)
내 무거운 연정의 가슴을 싣고
어디에 머물려오

// 清河의 人緣

人緣의 물결따라
담쟁이 칙덩쿨에
마음묶어 머물은 이곳
간간히 쉬었다 가는 山村 바람
草茶 한잔 내어놓고
墨想에드니
深宮에 놀든 바람
보찜 싸서 가고 온지도
벌써 6년 애리요
떠나야 할 나룻터엔 (롯)
매미 울음소리도 멎었는가
淸河 내는 빤짝이는레
담담한 心河엔
물결도 일지 않고
빈 배 홀로타네
그냥 그리 흘러가네

淸河(청하)의 人緣(인연)

人緣(인연)의 물결 따라
담쟁이 칡넝쿨에
마음 묶어 머문 이곳
간간히 쉬었다 가는 山村(산촌) 바람
草茶(초다) 한잔 내어놓고
墨想(묵상)에 드니
深宮(심궁)에 놀던 바람
봇짐 싸서 가고 온지도
벌써 6년이네
떠나야 할 나루터엔
매미 울음소리도 멎었는가
淸河(청하)내는 반짝이는데
담담한 心河(심하)엔
물결도 일지 않고
빈 배 홀로 타니
그냥 그리 흘러가네

12 月念舞

수세월 내 영상속에서
자라온 님의 자애로운 모습
비 바람에 젖고 찢기운
생환의 상처에도
영상의 님 모습이 제 힘이 였나이다
흔히 들국화 온 산천을 헤집고
갈대 처녀 댕기 늘여 멸린체
보름 달 야명 아래서
흐느끼는 이 밤
님의 고풍은 어느 묵산에 계시는지
간간히 들려오는
풀 벌래 소리에도
님의 숨길을 들을수 없으니
애수의 허전한 마음은
초라한 가을 밤 비가됐어
온 산야를 헤멘다 해도
님 아니계신 마음 자리에
어찌 눈물 자욱 찍어리요

月念舞(월념무)

수 세월 내 영상 속에서
자라온 임의 자애로운 모습
비바람에 젖고 찢기운
생활의 상처에도
영상의 임 모습이 제 힘이었나이다
헌데 들국화 온 산천을 헤집고
갈대 처녀 댕기 늘어 뜰인 채
보름달 야명 아래서
흐느끼는 이 밤
임의 고풍은 어느 묵산에 계시는지
간간히 들려오는
풀벌레 소리에도
임의 숨길을 들을 수 없으니
애수의 허전한 마음은
초라한 가을밤 비가 되어서
온 산야를 헤맨다 해도
임 아니 계신 마음자리에
어찌 눈물 자욱 찍으리오

13 無心한 虛空

인적드문 적막한 이 心霄에
바스락 바스락 가랑잎 부서지는
悲歌치는 저 소리
지나던 솔 바람 水沼에 빠지고
흰 구름 天住峯에 머리 부딛고
물 웅덩이에 놀든 자라
허공을 치솟으니
설눈 곱게뜨고 詩想에 잠겨놀던
두견 새 한쌍
화들짝 놀라 葉枝 떨구고
千萬 野合村이
귀한 님 맞이에
다람지 안내 세워
石樓에 올라 보니
님은 간데 없고
허공만 서 있드라

無心(무심)한 虛空(허공)

인적 드문 적막한 이 心樓(심루)에
바스락 바스락 가랑잎 부서지는
悲歌(비가)치는 저 소리
지나던 솔바람 水沼(수소)에 빠지고
흰 구름 天住峯(천주봉)에 머리 부딪고
물웅덩이에 놀던 자라
허공을 치솟으니
실 눈 곱게 뜨고 詩想(시상)에 잠겨 놀던
두견새 한 쌍
화들짝 놀라 葉枝(엽지) 떨구고
千萬野命村(천만야명촌)이
귀한 임 맞이에 다람쥐 안내 세워
石樓(석루)에 올라보니
임은 간 데 없고
허공만 서 있더라

14. 이슬에 페인 상처

회고
자정 왔지처나서
무능 앞 접명동
의절 운의 떨
시 을 라
어라

놀든
갈려 푸지
페데 내매
녹떨 불굟 구가
빠건 익 먹

새 구슬 께
발 에 에 별
운이이 할 수 기어
에어로

비최 옥어
어란 이가 새란
비빡 솔시난 죽추초
사이

이슬에 패인 상처

비취새 놀던 자리
옥구슬 깔려 있고

어저께 푸르던 정
간밤에 시들어져

이슬에 패인 상처
가슴에 데워 드니

새벽별 내려 와서
찬 기운 매질하고

비정에 녹슨 무정
백설에 덮어 넣고

솔바람 불러 앉혀
시 한 수 곱게 접어

난 향기 구운 명다
죽창에 끼워놓고

추억에 빠진 설움
초연에 건져 올려

사색에 익혔다가
세월로 먹으라네

15. 못 잊을 곳

강 건너 산촌에 님 계시는 곳

여의지에 라는 불꽃 식혀 주는 줄 하기막 멀기만 밭을 갈 일 못 하늘 곳

무지개 라리 묶어 매일 거늘 하기막 멀기만 밭을 갈 일 못 하는 곳

지척에 머물 것만 멀기만 밭을 갈 일 못 할 곳

삼때기 들러 메고 걸머 지고 무심한 뿐만 곳

님의 환영 삼겨 버려 환자되어 뿐만 곳 오실

지난해 삼겨 버려 환자되어 뿐만 곳 너실

뭉개 유울에 병물에 알아지면 그러 난꽃 외롭이 떠는

화폭에 담은 난꽃 외롭이 떠는 바칠

내 생명 님을 위해 마지막 바칠

곳곳곳곳곳곳곳곳곳곳곳

못 잊을 곳

강 건너 산촌에 임 계시는 곳
연정에 타는 불꽃 식혀 줄 곳
무지개 다리 엮어 매일 건널 곳
지척에 머물 건만 멀기만 한 곳
삼태기 들러 메고 논밭을 갈 곳
임의 환영 걸머지곤 일 못할 곳
지난해 삼켜 버린 무심한 하늘 곳
몽유병 환자 되어 별만 쫓는 곳
개울물 얕아지면 건너오실 곳
화폭에 담은 난 꽃 외로이 떠는 곳
내 생명 임을 위해 마지막 바칠 곳

16. 土窟

첩첩 山中에 雪化이 오셔
퍼 든 자리
어찌 발 걸음이 오셔
걸어 가셨나
발 새 그려 놓은
님의 모습에
마음 붓 놓고 모리
山 슴은 별 씨 생명의 숨소리
앙상한 새 마음 가지에도
지 봄에는
움이 돗아
化의 봄비를 맞이 할 수 있으련
안 개 낀 이 계곡
저 물소리도
누군가를 부르며
기다리 겠 지.

土窟(토굴)

첩첩 산중에 雪任(설님)이 오셔
펴논 자리
어제 밤 달님이 오셔
걷어 가셨나
밤새 그려놓은
임의 모습에
마음 붓 놓고 보니
山谷(산곡)은 벌써 생명의 숨소리
앙상한 내 마음 가지에도
저 봄에는
움이 돋아
任(임)의 봄비를 맞이할 수 있으련
안개 낀 이 계곡
저 물소리도
누군가를 부르며 기다리겠지.

17.　　古　松

疊々 樹林속에
同然을 지켜온 古松
싱그러운 바람 먼 하늘 白雲
졸졸 흐르는 산 냇물
정겨움든 同參 벗들
數古月 時空속에
혼자 둔 金衿闌의 古衣는
어디다 벗어 두진
思屠의 悲魂이 드니—
無常한 萬像들이—
初春에 움을 솟을
내 여린 가냘픈 松葉에
때 아닌 削風으로
변신 함이
너희들 情理드니—
별님 달님도 寂嘆의 긴 아픔에
은하 강 휘어 잡고
嘆浪을 일으킨다

고송(古松)

疊疊樹林(첩첩수림)속에
同然(동연)을 지켜온 古松(고송)
싱그러운 바람 먼 하늘 白雲(백운)
졸졸 흐르는 산 냇물
정겨웁던 同參(동참) 벗들
數世月(수세월) 時空(시공)속에
혼자 둔 金襴(금란)의 古衣(고의)는
어디다 벗어던진
思屎(사시)의 悲魂(비혼)이더냐
無常(무상)한 萬像(만상)들이
初春(초춘)에 움을 솟을
내 여린 가냘픈 松葉(송엽)에
때 아닌 朔風(삭풍)으로
변신함이
너희들 情理(정리)더냐
별님 달님도 寂寞(적막)의 긴 아픔에
은하 강 휘어잡고
唉浪(애랑)을 일으킨다

18.　우리 돌박쇠

돌박쇠　돌박쇠　우리 돌박쇠
오늘도　서울 장터
전　펼쳐　놓고
재물이며　명예야　얻었겠지만
黃金山　누런 소는
어리라 멜國고
믿을 만한　말뚝이야
박아　놨겠지만
줄 고리　메듭이야　어리는
하나로　돼겠는고
확실한　줄　메듭
이곳저곳　찾으리라

해　저물어　누울려면
思惱혹　여기저기　번저 졌을
누군들　알아 보라
살아 생전　누런 소
살점 한점　맞있게　얻어먹고
저승 가도　어렵겠소.

우리 돌박님

돌박님 돌박님 우리 돌박님
오늘도 서울 장터
전 펼쳐놓고
재물이며 명예야 얻었겠지만
黃岳山(황악산) 누런 소는
어디다 멜꼬
믿을 만한 말뚝이야
박아 놨겠지만
줄 고리 매듭이야 어디
하나로 되겠느뇨
확실한 줄 매듭
이곳저곳 찾으려다
해 저물어 누우려니
思惱(사뇌)혹 여기저기 번져짐을
누군들 알아보랴
살아생전 누런 소
살점 한 점 맛있게 얻어먹긴
저승가도 어렵겠소

19. 흙집 하나

기울어진 초옥 바칸..
흙 빚어 발라 보니
두 평 반 움막 하나
참 초 엮어 깔아드니
누울 곳 자리되고。
늘어 있던 나무 가지
대강 엮어 꿰어보니
들어 가고 나올
문들 하나 생겨나니
누더기 버려진 천。。
씻고 발라 부쳐러니
바람 막는 토굴일때
땔감 걱정 할라치니
햇님 불러 방 데워
시상에 글을 쓰니。。
명산 추강이 가득차고
밤이면 달 별님 벗하여
은하에 올라 가니
천하에 벌려져 있는 그림
집 찍어 가져와
고픈 배 이슬에 끓이니
별씨 먼 동이 치누나。

흙집 하나

기울어진 초옥 반 칸...
흙 빚어 발라 보니
두 평 반 움막 하나
잡초 엮어 깔았더니
누울 곳 자리 되고
널려 있던 나뭇가지
대강 엮어 꿰어 보니
들어가고 나올
문틀 하나 생겨나서
누더기 버려진 천...
씻고 말려 부쳤더니
바람 막는 토굴일세
땔감 걱정 할라 치세
햇님 불러 방 데워
시상에 글을 쓰니...
명산 추강이 가득차고
밤이면 달 별님 벗하여
은하에 올라가서
천하에 널려져 있는 그림
점 찍어 가져와
고픈 배 이슬에 끓이니
벌써 먼동이 치누나

20. 문 발

문 발에 드리워진 갈 잎 돗 자리
걷어지니 生이요.
드리워지니 死로 구나.
시어머님 들고 계신 부싯갱이 보라도
무거웁지 않으려만
손이 있어 걷을손가.
입이 있어 두렷이라.
마음속 천만으의 지 갈 잎 발을
지 풀어 돌아오실 내 님이라서
떨어 닿는 요술품에 아기 쳐만은
明 月 이 갈을 넘는 이 밤도
아니오실 님이시여
달 아래 비친 영화는
문 발에 걸어서서
오실러면 달을 잡고
보실러면 별을 잡어
치마 끝 인경에 메칼아 놓아
님이 오심을
바람 결에 전해주오.

문발

문발에 드리워진 갈잎 돗자리
걷어지니 생(生)이요.
드리워지니 사(死)로구나
시어머님 들고 계신 부지깽이 보다도
무거웁지 않으련만
손이 있어 걷을 소냐.
입이 있어 투정이랴.
마음속 천만 근의 저 갈잎 밭을
저물어 돌아오실 내 임 이라서

열어 닫는 요술품에 안기련 만은
명월(明月)이 담을 넘는 이 밤도
아니오실 임이시여
달 아래 비친 영화는
문발에 걸었으니
오시려면 달을 잡고
보시려면 별을 잡어
처마 끝 인경에 매달아 놓아

임이 오심을
바람결에 전해 주오

21. 산·방의 봄

봄 오는 산방 토굴에
僧心을 깔아 놓고
茶 한잔 갈여
솔 바람에 쪼이러
긴 갈래 분홍 빛
낯이
너울너울 춤을 추며
아지랑이 개구장이
졸음 깨워 담소하고
石虎山 산들바람
능을 타고 거너오제
님 오실 길목에
새순을 깔았다가
고운 미소 훔쳐와서
승방에나
깔어 리라.

산방의 봄

봄 오는 산방 토굴에
僧心(승심)을 깔아 놓고
茶(차)한잔 달여
솔바람에 쪼이니
진달래 분홍 빛
넋이
너울너울 춤을 추며
아지랑이 개구쟁이
졸음 깨워 담소하고
石虎山(석호산) 산들바람
능을 타고 건너올제
임 오실 길목에
새순을 깔았다가
고운미소 훔쳐 와서
승방에나
깔으리라

22. 塞翁心

어쩌란 말이냐
미운 바람아
아무리 착하고 선해져라 치만
오늘의 나는
세상속에서
퇴색 되어 버린
미련한 바보인 것을
너 마저
싸늘히 식어가는 나의 가슴에
마지막
촛불을 켜 줌은
너무 춥구나。

塞心(색심)

어쩌란 말이냐
미운 바람아
아무리 착하고 선해지라지만
오늘의 나는
세상 속에서
퇴색되어 버린
미련한 바보인 것을
너마저
싸늘히 식어가는 나의 가슴에
마지막
촛불을 켜 줌은
너무 춥구나

23.　恨

한 시린 겨울
마지막 등을 보는 削風아
이별은 서러우나
愛恨은 쉽지마라
재 넘어
무지개 다리위에
눈, 꽃 송이송이로
추억의 情을 잘았으니
처량한 泳点으로
되돌아 보지 마라
쓸쓸한 이 심사도
봄이 떨고있는 저곳에
돌아 가야할 운명을
저무는 이 밤에
홀로 無弦笛을 켜며
너를 위로 하노라。

恨(한)

한 서린 겨울
마지막 능을 넘는 削風(삭풍)아
이별은 서러우나
愛恨(애한)은 씹지마라
재 넘어
무지개 다리위에
눈 꽃 송이 송이로
추억의 情(정)을 담았으니
처량한 泳点(영점)으로
되돌아보지 마라.
쓸쓸한 이 심사도
봄이 떨고 있는 저곳에
돌아가야 할 운명을
저무는 이 밤에
홀로 無孔笛(무공적)을 켜며
너를 위로하노라.

24. 봄 비

이른 봄 해질녘에
서글프게 질척 거리며
내려 앉는 봄비
지워 버린 세월이
향수의 고뇌를 불러
진한 감정의 수렁에
깊이 빠져들게 하는
이 심사 。。
허공에 내민 두손은
님의 그림자만 그려놓고
공허한 허상에 떠는
몸 부림 。
통한의 오열로
적막을 삼킬가
두려웁구나 。

봄비

이른 봄 해질녘에
서글프게 질척거리며
내려앉는 봄비
지워 버린 세월이
향수의 고뇌를 불러
진한 감정의 수렁에
깊이 빠져들게 하는
이 심사...
허공에 내민 두 손은
임의 그림자만 그려놓고
공허한 허상에 떠는
몸부림
통한의 오열로
적막을 삼킬까
두려웁구나

25.　　死　花

내 이 생
자취의 그림자
어리라 홀로두고
갈곳 없이 방황하는
서글픈 무명의 悲嘆喚
홀로 잠 못드는
저 구름도
내 곁은 스쳐 지나쳐 가네
평생 고독속에 젖 눌린
황혼의 서름
마지막 자조의 통곡없인
다 걸을 수 없드냐。

死花(사화)

내 인생
자취의 그림자
어디다 홀로 두고
갈 곳 없이 방황하는
서글픈 무명의 悲唉(비애)
홀로 잠 못 드는
저 구름도
내 곁은 스쳐 지나쳐 가니
평생 고독 속에 짓눌린

황혼의 설움
마지막 자조의 통곡 없인
다 걷을 수 없더냐.

26. 示 衆

험난한 세파 차가운 냉소
모진 인정 편파의 ~~痛屎~~ 痛屎
잡종의 영악한 ~~鹽~~을 덮으~~쏬~~
自身들이
저마다 순수한 양이노라 짖어 대면서
교만의 아첨으로 선량을 파토질 하는
비릿내 나는 군상들
바람불고 눈 비 나려 꽃잎 피고지는
사시철이 가 지나도
명예와 물질 독에 취해
밤과 낮 구별없이
여우 굴을 못 벗어나서
새 빨간 눈알과 혀를 날름 거리며
착함을 기만하여
모독의 낭떠러지에 밀어 넣어
하루의 포식을 채우고
돌아서 짖는 저 희색의 회소
소음의 공포는
나날이 증가 하는데
머물 곳 가이 없고
눈물만 머금는다 .

示衆(시중)

험난한 세파 차가운 냉소
모진 인정 편파의 痛屎(통시)
잡종의 영악한 탈을 덮어쓴
自身(자신)들이
저마다 순수한 양이노라 짖어 대면서
교만의 아첨으로 선량을 난도질하는
비린내 나는 군상들
바람 불고 눈 비 나려 꽃잎 피고 지는
사시절이 다 지나도
명예와 물질 독에 취해
밤과 낮 구별없이
여우 굴을 못 벗어나서
새빨간 눈알과 혀를 날름거리며
착함을 기만하여
모독의 낭떠러지에 밀어 넣어
하루의 포식을 채우고
돌아서 짖는 저 희색의 횟소
소름의 공포는
나날이 증가하는데
머물 곳 가이없고
눈물만 머금는다.

27. 무정한 약속

해당화 피어지면
오신 다든 님
마지막 잎새 마저
울고 있어도
님은 어이 오심이 없으시고
스산한 바람만
가슴을 파고드나
떠동이 트는 외진 산길에
낯 혼자 되어 떨고 있어도
너를 알고 돌아실
마음도 얼어 버린
새벽 바람과 송기
따가운 눈살에도
무 표정 뿐인
외로운 낯。

무정한 약속

해당화 피어지면
오신다든 임
마지막 잎새 마져
울고 있어도
임은 어이 오심이 없으시고
스산한 바람만
가슴을 파고드나
먼동이 트는 외진 산길에
넋 혼자되어 떨고 있어도
너를 알고 돌아설
마음도 얼어 버린
새벽 바람찬 공기
따가운 눈살에도
무표정 뿐 인
외로운 넋

28 새 색시

물새 우짖는 강물에
흘러가는 저 돛 단 배
강 언득 풍경이
뱃사공 애탄가로
더욱 아름다운디
시집살이 타향길에
몸을 실은 새 색시
분홍산 치마 저고리에
얼룩진 눈물 방울 방울

시상이 됐어
강물도 서러워 출렁이 떤서
갈잎 석별의 정은 못내 꺽지 못하고
미운 바람에 밀려 멀어 만 가네
고향산천 넓은정아
너 보고파 그리워 저 도
낭군님 시 샘에
쉬이 올수 없을 신세
기러기 우짖는 밤에
울 엄마 성황당에

새색시

물새 우짖는 강물에
흘러가는 저 돛단배
강 언덕 풍경이
배 사공 애탄가로
더욱 아름다운데
시집살이 타향 길에
몸을 실은 새 색시
분홍색 치마 저고리에
얼룩진 눈물 방울방울
시상이 됐어
강물도 서러워 출렁이면서
갈잎 석별의 정은 못내 꺾지 못하고
미운 바람에 밀려 멀어만 가네
고향산천 넓은 정아
너 보고파 그리워져도
낭군님 시샘에
쉬이 올 수 없을 신세
기러기 우짖는 밤에
울 엄마 성황당에

울음제 지별적에
보름 달 정을타 면
만나 울어
밤을 지세리

울음제 지낼 적에
보름달 정을 타면
만나 울어
밤을 지새리

29   오늘같은 이런 바람

찾아 올 사람도 없을
이 산중에
심상 찮은 바람 소리가
내 가슴을 불안케 한다
비참한 오늘의 내 이 삶속의
가슴에
무슨 또 다른 사연들을
안고 올지 모를
이런 바람 바람
해 라도 떨어져
어둠이 어둠이
내 얼굴창을 떠칠할때
어머님의 고향같은
등불켜진 따스함에
내 마음은   편안한
숨을 쉬리라

오늘 같은 이런 바람

찾아올 사람도 없을
이 산중에
심상찮은 바람소리가
내 가슴을 불안케 한다
비참한 오늘의 내 이 삶속의
가슴에
무슨 또 다른 사연들을
안고 올지 모를
이런 바람 바람
해라도 떨어져
어둠이 어둠이
내 얼굴창을 먹칠 할 때
어머님의 고향 같은
등불 켜진 따스함에
내 마음은 편안한
숨을 쉬리라

30   너다운 정이 그립다

情芽 너 보고파 울든
밤 들에
세월이 늙었구나
한번쯤 옛정에
情感의 차라도 데우련만
차가운 냉소는 너무 춥구나
이 밤이 지나
내 다시 돋는 해가 된데도
싸늘 하든
너의 표정 지켜져 다오
못난 마음을
차가 웁게 떨고 있는
겨울 달에 없어 놓고
無心한 世情
그 날을 지켜 보리다

너다운 정이 그립다

情茅 너 보고파 울던
밤들에 세월이 늙었구나
한번쯤 옛정에
情感(정감)의 차라도 데우련만
차가운 냉소는 너무 춥구나
이 밤이 지나
내 다시 돋는 해가 된대도
싸늘하던
너의 표정 지켜져 다오
못난 마음을
차가웁게 떨고 있는
겨울 달에 얹어 놓고
無心(무심)한 世情(세정)
그 날을 지켜 보리다.

빈 삶

고독에 저린
내 여린 빈 창자가
산바람에 들켜
온 천지 눈물 강 드리울까

31 고독한 귀신

외로운 고독아
내가 너를 안고 지새는 밤은
쓸쓸하다든 영혼들도
다 도망가고
무서운 적막만
빈 자리에 앉아
生死의 時空을 감고
허무에 주린 생각은
제 육신을
마음대로 찢고 씹다가
밤 귀신 흐느끼는 무상곡에
부질없는 꿈을 깨고
새벽 찬 이슬 가슴에 담아
홀로 섭누나

고독한 귀신

외로운 고독아
내가 너를 안고 지새는 밤은
쓸쓸하다던 영혼들도
다 도망가고
무서운 적막만
빈자리에 앉아
生死(생사)의 時空(시공)을 감고
허무에 주린 생각은
제 육신을
마음대로 찢고 씹다가
밤 귀신 흐느끼는 무상곡에
부질없는 꿈을 깨고
새벽 찬 이슬 가슴에 담아
홀로 씹누나

32 빈 삶

저적한 이 산중에
홀로 떠는 달님아
슬픈 너의 그 표정
별빛 눈에 찬 빛 엉겨
허공도 지워지랴
구름 속에 숨겨 주렴
고독에 저린
내 여린 빈 창자가
산 바람에 들켜
온 천지 눈물 강 드리 ~~언제~~ 울까
두려 웁주니
언제나 고독한 엷은 이 삶
이 밤도 넉넉한줄 알고 살제
내일은 또 더무거운 고독이
너와 나를 삼킬지라도
魂 없는 그림자는
남기지 말자

빈 삶

적적한 이 산중에
홀로 떠는 달님아
슬픈 너의 그 표정
별님 눈에 찬 빛 엉겨
허공도 지워지랴
구름 속에 숨겨 주렴
고독에 저린
내 여린 빈 창자가
산바람에 들켜
온 천지 눈물 강 드리울까
두려웁구나
언제나 고독한 엷은 이 삶
이 밤도 넉넉한 줄 알고 살제
내일은 또 더 무거운 고독이
너와 나를 삼킬지라도
魂(혼)없는 그림자는
남기지 말자

33   첫   눈

창 밖에 첫 눈이 춤을 춘다
겨울을 이고 올 살림
화선지에 방금 친
竹葉에서
벌써 찬 바람이 이는듯 하니
나 어린
너 모습 생각케 한다
옥같이 고운 살결
바 람에 빗질 당해
딱 나무에 시집가서
홀로 우는 밤이 될가
硯墨에 자리를 깔고
못 잊을 緣 들에
香을 태운다

첫 눈

창 밖에 첫 눈이 춤을 춘다
겨울을 이고 올 알림
화선지에 방금 친
竹葉(죽엽)에서
벌써 찬바람이 이는 듯 하니
나 여린 너 모습 생각케 한다
옥 같이 고운 살결
바람에 빗질 당해
딴 나무에 시집가서
홀로 우는 밤이 될까
硯墨(연묵)에 자리를 깔고
못 잊을 緣(연)들에
香(향)을 태운다.

34 종 이 배

먼 역사의 강이
세월 따라-
어느새 걸레 城을 할키는데
접어둔 종이 배
아니 탈수 없을세
서산에 해 기울어 져도
닻줄 없어 못 멜세고
돛 없이 흘러 가니
머물 곳도 망망 해라

종이배

먼 역사의 강이
세월 따라
어느새 걸레 城(성)을 할퀴는데
접어둔 종이배
아니 탈수 없을세
서산에 해 기울어 져도
닻줄 없어 못 멜세고
돛 없이 흘러가니
머물 곳도 망망해라

35 人 心

네온 빛은 화려한데
人心은 어둡구나
眞實을 등에 업고
世食을 구걸하니
신선도 걸인 일세
처마끝 낙수 물에
마음 짜서 말리려도
변죽한 바람
산성 비에 끈죽되어
몽롱해진 생각은
청산에 누어
고픈 배 구름 먹고
산 허리만 쪼개 누나

人心(인심)

네온 빛은 화려한데
人心(인심)은 어둡구나
眞實(진실)을 등에 업고
世食(세식)을 구걸하니
신선도 걸인일세
처마 끝 낙숫물에
마음 짜서 말리려도
변죽한 바람
산성비에 곤죽되어
몽롱해진 생각은
청산에 누어
고픈 배 구름 먹고
산 허리만 쪼개 누나

36   어 깨고 픈 심사

망연히 흐르는
흰 구름 조각 배에
무정의 과거를 실고
돌개 바람 앉초속에 뒤어들어
못 갈곳도 없는 심사로
깃 폭을 열어드니
천만 갈래로 찢어지는
돛의 애젉한 울음소리
천공에 부딛쳐 어깨어 져도
저녁 노을 고운 벛 같이
잠시 뿐일
그대 품엔 안기고 싶지 않구나 —

얽 깨고 픈 심사

망연히 흐르는
흰 구름 조각배에
무정의 과거를 싣고
돌개바람 암초 속에 뛰어들어
못 갈 곳도 없는 심사로
깃 폭을 열었더니
천만 갈래로 찢어지는
돛의 애절한 울음소리
천공에 부딪쳐 얽 깨어져도
저녁 노을 고운 빛 같이
잠시 뿐일
그대 품에 안기고 싶지 않구나

37 무 삼 사

과거의 삶속에 아픈 내 상처를
허공 깊은 곳에 감추어 놓고
다시 소생의 꿈을 원치 않았었는데
오늘의 그대가 내 영혼을 깨워
망가져 쓸모없는 망태 넋을
그대의 情念으로 하늘 꽃 피우려가
얼마간 세월에야
비 하늘도 아름다웁게 구미 겠지만
그대 또한 고고한 가상의
난 분으로서
허기진 욕망에
苦雨를 마다 할가
무산사 봄기운에 그대 단장 곱게 할손
흙 먼지 엮은 띠에
마음 묶인 천년 고송
하늘 속에 마음풀고
구름 눈 삽질 할손

무삼사

과거의 삶속에 아픈 내 상처들
허공 깊은 곳에 감추어 놓고
다시 소생의 꿈을 원치 않았었는데
오늘의 그대가 내 영혼을 깨워
망가져 쓸모없던 망태 넋을
그대의 情念(정념)으로 하늘 꽃 피우련가
얼마간 세월에야
비 하늘도 아름답게 꾸미겠지만
그대 또한 고고한 기상의
난 분으로서
허기진 욕망에
世雨(세우)를 마다할까
무삼사 봄기운에 그대 단장 곱게 할 손
흙먼지 엮은 띠에
마음 묶인 천년 고송
하늘소에 마음 풀고
구름 눈 삽질 할 손

38   絶 中 谷

촌락에 홀로 타는 등불은
世人도 잊었는가
헤어진 문풍지에 비치는
쓸쓸한 그럼자
귀신도 넋을 놓고
과거로 업혀가는
돌다리 건너지면
愛情도 싸고 파는 虛像인데
구름 꽃도 피지 못할
절곡이 웬말이냐
대나무 한폭에 죽순을 그려놓아도
꿈속에 먹었나
새 울음 그쳤네
아직도 남은 먹물은
변덕 스르이
화 재만 째 먹는구나
       제

絶中谷(절중곡)

촌락에 홀로 타는 등불은
世人(세인)도 잊었는가
헤어진 문풍지에 비치는
쓸쓸한 그림자
귀신도 넋을 놓고
과거로 업혀가는
돌다리 건너지면
愛情(애정)도 사고 파는 屎像(시상)인데
구름 꽃도 피지 못할
절곡이 웬말이냐
대나무 한 폭에 죽순을 그려놔도
꿈속에 먹혔나
새 울음 그쳤네
아직도 남은 먹물은
변덕스러이
화재만 제 먹는구나

39 孤島

물새 우짖는 벼랑 바위
파도에 할키운 찢어진 상처
해풍이 꾸며준 푸른 이끼촌

햇님 따가운 눈총에
가슴 부푼 石海女
달님 넓은 품에 안겨
계수나무 그늘 쪄어
군데 군데 아문 자리

奇巖 怪石 되었드니

낮이면 선비갈매기가
흰 옷 입고 수영하고
밤이면 별님들이
낚시대 드리우는
이곳이
꿈을 낚고 삶을 지우는

孤島 이 드히

孤島(고도)

물새 우짖는 벼랑바위
파도에 할퀴어 찢어진 상처
해풍이 꾸며준 푸른 이끼 촌
햇님 따가운 눈총에
가슴 부푼 石海女(석해녀)
달님 넓은 품에 안겨
계수나무 그늘 쬐어
군데 군데 아문 자리
奇巖怪石(기암괴석) 되었더냐
낮이면 선비갈매기가
흰 옷 입고 수영하고
밤이면 별님들이
낚싯대 드리우는 이곳이
꿈을 낚고 삶을 지우는
고도(孤島)이어라.

40 흔적만 지운 나팔꽃

싸리 담장 나약한 울에
엉켜사는 나팔꽃이
그저게 님 오심에
잠들어 고개 숙였드뇨
윗목에 잡힌 눈치
쉬이 걷지 못하고
너라도 반겨잡고 울밑에 숨기려니
가슴 조이며 밀든 문살
너만 놀라 떨어지고
님 오신 희미한 발 자취
그 흔적만 지웠구나
보고파 기다리는 마음에
세월만 지나가고
더욱 요염해져 없는 너의 자태는
님 없는 공허로
동반 자살 하겠구나

흔적만 지운 나팔꽃

싸리 담장 나약한 울에
엉켜 사는 나팔꽃아
그저께 님 오심에
잠들어 고개 숙였드뇨
윗목에 잡힌 눈치
쉬이 걷지 못하고
너라도 반겨 잡고 울밑에 숨기려나
가슴 조이며 밀던 문살

너만 놀라 떨어지고
님 오신 희미한 발자취
그 흔적만 지웠구나
보고파 기다리는 마음에
세월만 지나가고
더욱 요염해져 있는 너의 자태는
님 없는 공허로
동반 자살 하겠구나

41   내 청 춘

버들피리 꺾어 불며
송아지 등에 올라타 보든
개구장이 꾸밈없던
파란 시절은
다 어디로 보내지고
지금은 늙고 병든 육신만
홀로 남아
청산도 아닌 도심에서
세속 苦痛을 알고 왔나
맑고 파란 내 청춘의 기상은
어느곳 어느 장터에서
얼마에 팔려는지
세월이 좋아 갔고
그간에 걸머진 애욕의 봇짐엔
지금도
거짓과 허무만
담겨져 있구나

내 청춘

버들피리 꺾어 불며
송아지 등에 올라타 보던
개구쟁이 꾸밈없던 파란 시절은
다 어디로 보내지고
지금은 늙고 병든 육신만
홀로 남아 청산도 아닌 도심에서
세속痛(통)을 알고 있나
맑고 파란 내 청춘의 기상은
어느 곳 어느 장터에서
얼마에 팔려는지
세월이 주워 갔고
그간에 걸머진 애욕의 봇짐엔
지금도 거짓과 허무만
담겨져 있구나

42   녹 슨 맹세

초생달도 적적해 하는
안 스러운 밤
소리 없는 여인의 눈물 피리
졸고 있었던 소쩍새 가슴 찔러
처량을 동반하고
뜰아래 떨어진 달
님인 양 줏어 안고
옷섶에 얼룩진 눈물자욱
찬 바람에 말리니
야속한 맹세는 녹슬어
무정한 칼날위에
밤을 지샌 다—

녹슨 맹세

초승달도 적적해 하는
안쓰러운 밤
소리 없는 여인의 눈물피리
졸고 있던 소쩍새 가슴 찔러
처량을 동반하고
뜰아래 떨어진 달
임인 양 주워 안고
옷섶에 얼룩진 눈물 자욱
찬바람에 말리니
야속한 맹세는 녹슬어
무정한 칼날위에
밤을 지샌다

43   서 글 픈 투 정

부질없는 찬 한숨아
줍이 마다 투정마라
너 아무리 굴러 굴러
태산을 만들어도
하룻 밤 꿈속에 다 으깨어 질것을
오늘도 별 다른 소생은 아니겠지만
어저께 갈던 떠물
오늘도 같아
竹亭라 蘭亭이나
꾸미다 보면
너 투정 숨길곳 비어 있으리

서글픈 투정

부질없는 찬 한숨아
굽이마다 투정마라
너 아무리 굴러굴러
태산을 만들어도
하룻밤 꿈속에 다 으깨어 질 것을
오늘도 별 다른 소생은 아니겠지만
어저께 갈던 먹물
오늘도 갈아
竹亭(죽정)과 蘭亭(난정)이나
꾸미다 보면
너 투정 숨길 곳 비어있으리

44   情理도 베어 버린 영욕

초옥 한켠에 앉아
지나는 햇빛을 벗 하니
가난에 찌들은 빈 마음도
부끄럽지 않는것 같구나
흐르는 저 구름 끝
곳곳에 핀 향기 련대
영욕에 물든 옛 벗이 던져 버린
빛 바랜 情理는
아지랑이 졸음속에 묻혀
홀로 떠는데
그대의 권좌는 평안 하신가
동천에 떠는 해
어느날 밝거던
밑 빠진 표주박 이라도
하늘에 대고
못다 배푼 그 정들에
한껏 퍼 주렴

情理(정리)도 베어버린 영욕

초옥 한 켠에 앉아
지나는 햇빛을 벗하니
가난에 찌든 빈 마음도
부끄럽지 않는 것 같구나
흐르는 저 구름 꽃
곳곳에 핀 향기런데
영욕에 물든 옛 벗이 던져버린
빛바랜 情理(정리)는
아지랑이 졸음 속에 묻혀
홀로 떠는데
그대의 권좌는 평안하신가
동천에 뜨는 해

어느 날 밝거든
밑 빠진 표주박이라도
하늘에 대고
못다 베푼 그 정들에
한껏 퍼주렴

45   앙상한 人木

계울 햇살에
묵묵 하는 人木
지난 밤 그 꿈속에
반생을 떼이고
허기진 정에
바람을 섭으니
생각 속에 가시 성겨
마음 찔리고
땅거미 짙어가는
어스름 길 목에
그대를 안고
뉘일곳 찾는데
차가운 밤 기운에 너를 뺏았기고
빈 마음 홀로 안을
이 밤이 또 서렵다

앙상한 人木(인목)

겨울 햇살에
목욕하는 人木(인목)
지난 밤 그 꿈속에
반생을 떼이고
허기진 정에
바람을 씹으니
생각 속에 가시 성겨
마음 찔리고
땅거미 짙어가는
어스름 길목에
그대를 안고
뉘일 곳 찾는데
차가운 밤 기운에 너를 빼앗기고
빈 마음 홀로 안을
이 밤이 또 서럽다.

46   白 雲 劍

함박눈 내리는 외진 강촌
순백에 정을 먹고 취해 버렸나
모두가 똑같은 흰 옷을 입고
온순한 바보처럼
자연에 同化된 침묵의 동정들
해 솟으면
사나워질 욕정의 싹들이
움트기 전에
한 폭 그림에다 옮겨 심어서
마음에 이는 바람이
다시 삭막해 지면
그때 펴놓아
지금을 생각하리

白雲劍(백운검)

함박눈 내리는 외진 강촌
순백의 정을 먹고 취해 버렸나
모두가 똑같은 흰 옷을 입고
온순한 바보처럼
자연에 同和(동화)된 침묵의 동정들
해 솟으면
사나워질 욕정의 싹들이
움트기 전에
한 폭 그림에다 옮겨 심어서
마음에 이는 바람이
다시 삭막해 지면
그때 펴 놓아
지금을 생각하리

47   더러운 구걸

청보리 같은 겨울 밤
땔 감도 동이 난 빈 방에
홑이불 얇은 온정도
냉기에 빼앗기고
매정한 바람에 매질 당한
서러운 밤 보라
야박한 정들이 깨어지는 소리가
더욱 춥구나

시 한수 읊어
눈물에 끓인 청산
절개만 더 푸른데
生草로 채운 배
가난에 겁을 먹고
동트는 새벽 길
육신 홀로 메어 놓고
더러운 그 정들에
구걸 다시 비는구나

더러운 구걸

청보리 같은 겨울 밤
땔감도 동이 난 빈 방에
홑이불 얕은 온정도
냉기에 빼앗기고
매정한 바람에 매질 당한
서러운 밤 보다
야박한 정들이 깨어지는 소리가
더욱 춥구나
시 한수 읊어
눈물에 끓인 청산
절개만 더 푸른데
生草(생초)로 채운 배
가난에 겁을 먹고
동트는 새벽 길
육신 홀로 떼어 놓고
더러운 그 정들에
구걸 다시 비는구나

48   밝은 빈곤

蓮帝아 너를 만난 이 곳에
너를 비껴 두고
떠나야 하는 심사
목이 메인다
너 없는 그곳이 얼마나
외롭고 삭막 할지는   알수 없지만
더이상 꿰맬수 없는
낡은 빈곤에 패인 속살을
체면으로 덮어 매운 끼니 끼니들
바람에 말려
너 앞에 꿇은 무릎를
동정의 그 사랑에
돌 무덤 주위섶을
속물이 두려워
그간에 깔아준 정분의 蓮을 타고
소생할 그 곳

낡은 빈곤

蓮亭(연정)아 너를 만난 이 곳에
너를 비껴 두고
떠나야 하는 심사
목이 메인다
너 없는 그곳이 얼마나
외롭고 삭막할지는 알 수 없지만
더 이상 꿰맬 수 없는
낡은 빈곤에 패인 속살을
체면으로 덮어 때운 끼니 끼니들
바람에 말려
너 앞에 꿇을 무릎
동정의 그 사랑에
돌무덤 주워 씹을
속물이 두려워
그간에 깔아준 정분의 蓮(연)을 타고
소생할 그곳

49. 죽음도 향연이면

그간에 늘려진 여들을
정리하고
오늘은 마지막 종착역이 될
그 곳을 향해
미련없는 즐거움에 시리
가고 또 찾어

끝 같는 곳 없더라도
비정의 삶이 도사리는
이웃으로는

돌아올 수 없은 터
향수만 남을 과거의 그림자
그대에게는
은혜의 고마움도
베풀지 못하고
떠나는 미안함
못다정을 용서해주오
행여 다시 태어나
돌아온다면
부족한 바보가 아닌
영악한 딸인으로。 범의 결에 시리라。

죽음도 향연이면

그간에 늘려진 연들을
정리하고 오늘은
마지막 종착역이 될
그곳을 향해
미련 없는 즐거움에 서리
가고 또 가서
끝닿는 곳 없더라도
비정의 삶이 도사리는
이곳으로는
돌아올 수 없을 터
향수만 남을 과거의 그림자
그대에게는
은혜의 고마움도
베풀지 못하고
떠나는 미안함
못난 정을 용서해주오
행여 다시 태어나
돌아온다면
부족한 바보가 아닌
영악한 달인으로
임의 곁에 서리다.

50. 타향에서 깊은 밤

차가운 겨울 밤에
님을 맡기고
타향에서 줍는 갈
눈 속에 떨고
오동나무 빈 가지에
메어 둔 거조
찬 바람 냉기에
농락 강하고
별이 젖는 하늘루에
홀로 기대어
님에게 입혀줄 情을 깁는데
꿈 끝에 매달린
아속한 구름라리
밤새 엮은 눈물가락
새벽에 짤려
님에게
무량한 빛이 되었네.

타향에서 깁는 밤

차가운 겨울밤에
임을 맡기고
타향에서 줍는 달
눈 속에 떨고
오동나무 빈 가지에
메어 둔 지조
찬바람 냉기에
농락당하고
별이 짖는 하늘 루에
홀로 기대어
임에게 입혀줄 情(정)을 깁는데
꿈 끝에 매달린
야속한 구름다리
밤새 엮은 눈물가닥
새벽에 잘려
임에게
무정한 넋이 되었네

51. 風情

野菊 감선의 향기를
없어 어기 간사한
비정의 風情
감선의 꾸밈없는 자태어
너무나 부끄러워
황금히 숨은 싹은 싹가지
냄새가 싫어 뻗어
떨 떨어진 샛물 의
바위에 부딪치는
험난한 시련
한 세월 쟌 바람물에 맡겨
신선이 놀더 고도에
외로운 향목의 벗이되어
참된 삶의 싹으로 태어나
푸른 빛 둘러드니
쇠잔한 별 빛에
쫓기우는 시름을 안고
춫더 바위 벼랑에서
야국향기 잔잔히 실린
달빛을 보며
과거의 꿈을 밝는
深海의 風情.

風情(풍정)

野菊(야국) 당신의 향기를
업신여긴 간사한
비정의 風情(풍정)
당신의 꾸밈없는 자태에
너무나 부끄러워
황급히 숨은 썩은 싹 가지
뱁새가 씹어 뱉어
떨어진 냇물 위
바위에 부딪치는
험난한 시련
한 세월 짠 바닷물에 말려
신선이 놀던 고도에
외로운 향목의 벗이 되어
참된 삶의 싹으로 태어나
푸른 빛 둘렀더니
쇠잔한 별 빛에
쫓기우는 서러움을 안고
촛대 바위 벼랑에서
야국(野菊)향기 잔잔히 실린
달빛을 보며
과거의 꿈을 낚는
深海(심해)의 風情(풍정)

52. 님 앞에 머문치한

검은 안개 회오리 속에
갇혀 버린 내 인생
거친 세파의 아픔에 찢겨
망신창이가 되어버린
몸과 마음 ..
헤어날 기력도 없는
죽음의 문턱에서
삶에 발버둥 치는
빈손의 意思에 잡혀
이력과 체면에
머뭇을 하는
나약한 치환으로
사랑하는 사람앞에
내 등댕이 쳐진
죽지 못한 서러움에
오한을 떨며
오늘의 못난 행색
가슴에 숨겨
님 생각 하는데로
옮겨 지리라.

임 앞에 머문 치한

검은 안개 회오리 속에
갇혀 버린 내 인생
거센 세화의 인심에 찢겨
만신창이가 되어버린
몸과 마음...
헤어날 기력도 없는
죽음의 문턱에서
삶에 발버둥 치는
빈곤의 意息(의식)에 잡혀
인격과 체면에
먹칠을 하는
나약한 치한으로
사랑하는 사람 앞에 내동댕이쳐진
죽지 못한 서러움에
오한을 떨며
오늘의 못난 행색
가슴에 숨겨
임 생각 하는 대로
옮겨지리다.

53. 말라 버린 애정

구름이 삼켜 버린
빈 하늘 보라
비 바람이 지워버린
세월 보라도
더 서러운것
말라 버린 애정
너의 변심이구나
이유도 모르는
용서를 구걸하며
독수공방에 차려놓은
빈 정..
계절이 먹고버린
허무만 남는
감회의 발들에
앙상한 지조를 안고
죽을 발들이
행복 하구나.

말라 버린 애정

구름이 삼켜 버린
빈 하늘 보다
비바람이 지워버린
세월보다도
더 서러운 것
말라 버린 애정
너의 변심이구나
이유도 모르는
용서를 구걸하며
독수공방에 차려놓은
옛정...
계절이 먹고 버린
허무만 남는
감회의 날들에
앙상한 지조를 안고
죽을 밤들이
행복하구나.

54. 남자의 강

남자가 흘린 눈물강에
가을빛 맑은 저 여인아
추억에 조는 구름따서
연민의 등짐 읊지 마오.

강둑에 젊은 억새풀이
칭 바람 불러 도망갈 라
강위로 펼친 풍경들도
어저께 만난 벗들인데

우수는 길어 또 미안이사
수심이 깊은 상처 강에
그대의 작심 못 건지오.

남자의 강

남자가 흘린 눈물 강에
가을 빛 낡은 저 여인아
추억에 조는 구름 따서
연민의 동정 읊지 마오
강둑에 젊은 억새풀이
정 바람 불러 도망갈라
강위로 펼친 풍경들도
어저께 만난 벗들인데
우수는 깊어 미안이나
수심이 깊은 상처 강에
그대의 낙심 못 건지오.

55. 비약한 울음

세 파에 부딪치는
공간 마다
아픈 상처를
비약한 울음 갈대에 숨겨
바람에 들릴제라
숨을 죽이니
참새떼 부리어
쪼이는 신세
서럽고 괴로운 처량한
내 신세
전생에 지은 죄가
얼마나 많아
가슴을 뺄 용기도 없이
하늘 끝 벼랑에
매달려 있나 。

빈약한 울음

세파에 부딪치는
공간마다
아픈 상처들
빈약한 울음 갈대에 숨겨
바람에 들킬세라
숨을 죽이니
참새 떼 부리에
쪼이는 신세
서럽고 괴로운 처량한
내 신세
전생에 지은 죄가
얼마나 많아
가슴을 벨 용기도 없이
하늘 끝 벼랑에
매달려 있나.

56. 엷은 감정

정열에 불타던 장미빛사랑
헤라도 삼킬듯이 용감하려니
아름다운 가을풍경
시드는 단풍처럼‥
사랑이 변하니 감정도 엷구나
도심속에 칸칸안게
우울한 심사
시끄러운 너의 변명
역겨운 냄새。
몽상못 오긴 싫어 옴겨와 지면
해풍에 씻긴마음 생각게 하여
칠석에 하번 뜨는 무지개 라고
행여나 러너불 남을 추억들
그나마 모를려면 울거도 마라
눈물에 뿌리후회 겨울이 와도
백실에 묻어야할 어제의 가면
오늘도 서고 있음을 그맙게 알아
사랑의 소중함을 잊지 말게나。

떫은 감정

정열에 불타던 장밋빛사랑
해라도 삼킬 듯이 용감하더니
아름다운 가을풍경
시드는 단풍처럼...
사랑이 변하니 감정도 떫구나
도심 속에 갇힌 안개
우울한 심사
시끄러운 너의 변명
역겨운 냄새
몽상포 외진 섬에 옮겨 놔 지면
해풍에 씻긴 마음 생각케 하여
칠석에 한번 돋는 무지개타고
행여나 건너볼 남을 추억들
그나마 모르려면 울지도 마라
눈물에 뿌린 후회 겨울이 와도
백설에 묻어야 할 어제의 가면
오늘도 서고 있음을 고맙게 알아
사랑의 소중함을 잊지 말게나

57. 妄 想 魚

崖谷間 怪石 위에
초옥 한칸 지들어서
빈 낚시 허공에 던져
망상어 낚고
구름속에 들아단
무정한 버섯 캐 와서
흐르는 靑谷水에
넣어 끌이며
배 고픈 안개 때
곡을 메우고
걸러 앉은
솔잎 가지에
과거의 환영들이
날아 들구나 。

妄想魚(망상어)

崖谷間(애곡간) 怪石(괴석)뒤에
초옥 한 칸 다듬어서
빈 낚시 허공에 던져
망상어 낚고
구름 속에 돋아난
무정한 버섯 캐 와서
흐르는 靑谷水(청곡수)에
넣어 끓이니
배고픈 안개 때
곡을 메우고
걸터앉은
솔잎 가지엔
과거의 환영들이
날아 들구나

58. 귀한 순산

지난밤 내린눈이
창들에 쌓여
蘭 색시 寒 마음에
정심어 드라
시집 살이
삼년 동안
침묵만 지키더니
새벽에 순산한 움
벌써 향기로운데
간밤에 내린눈
귀히 잡고 맞이하여
새정에 맺을 여들엔
푸른한 눈 사랑이여。

귀한 순산

지난밤 내린 눈이
창틀에 쌓여
蘭(난)색시 寒(한)마음에
정 심어 든다
시집살이
삼년동안
침묵만 지키더니
새벽에 순산한 움
벌써 향기로운데
간밤에 내린 눈
귀히 잡고 맞이하여
새 정에 맺을 연들엔
푸근한 눈 사랑이여

59. 비굴한 삶

오늘도 허기에 지쳐 찌들어 말라버린
상처에   때 아닌 불안함
원하고 바라든 모든것
다 팽개치고
간신히 남은 빈 목숨뿐이데
그나마
챙겨입을 삶도 포기한채
시중에 맡겨진 운명 "의 "
어떻게 그어지를
意味가 있을손가
다만 스스로
生을 마감하지 못하는
나약한 비굴에 묶여
하루에 얽혀 있을뿐
버리고 거머줄 미련도 없는데
쫓기는 이 불안
너는 나의 육신이 아니라.

비굴한 삶

오늘도 허기에 지쳐 찌들어 말라버린
상처에 때 아닌 불안함
원하고 바라던 모든 것
다 팽개치고
간신히 남은 빈 목숨뿐인데
그나마
챙겨 업을 삶도 포기한 채
시공에 맡겨진 운명 "선"
어떻게 그어진들
意味(의미)가 있을 손가
다만 스스로
生(생)을 마감하지 못하는
나약한 비굴에 묶여 하루에 얹혀 있을 뿐
버리고 거머쥘 미련도 없는데
쫓기는 이 불안
너는 나의 육신이 아니다.

60. 구포 강에 흘린 마음

구포 강 갈숲에
내리는 가을비
촉촉히 젖어 버린
마음을 거머쥐고
추억이 지워 버린
무심한 정을 삼켜
강상에 이는 바람
물결에 띄워
해질녘 기다리니
강어덕 모래벌
곳곳에 혼이 되어
고요한 달빛아래
외로운 혼을 안고
구포강 긴 한숨

갈숲에 잠아
새벽 별 옷섶에
묻어 우누나.

구포 강에 흘린 마음

구포 강 갈 숲에
내리는 가을비
촉촉이 젖어버린
마음을 거머쥐고
추억이 지워버린
무심한 정을 삼켜
강상에 이는 바람
물결에 띄워
해질녘 기다리니
강 언덕 모래 벌
곳곳에 혼이 되어
고고한 달빛아래
외로운 흔적안고
구포 강 긴 한숨
갈 숲에 담아
새벽 별 옷섶에
묻어 우누나

無眼鳥의 울음소리

발 행 일	2019년 06월 07일
지 은 이	법심스님
펴 낸 곳	도서출판 곰단지
펴 낸 이	대륜스님
주 소	부산광역시 연제구 과정로 347 (연산동) 3층
전 화	051) 634-1622
팩 스	070) 7610-7107
기획·편집	이화엽
디 자 인	곰단지 편집실
I S B N	979-11-89773-03-8